Disney
Les Fées

La fée Clochette

Par une froide soirée d'hiver, à Londres, un bébé babille dans son berceau. Tandis qu'il regarde tourner le mobile au-dessus de sa tête, il rit pour la première fois.

Ce premier rire s'envole par la fenêtre et se pose sur une aigrette de pissenlit. Il survole le monde des humains et se dirige vers la Deuxième étoile sur la droite. Il met ensuite le cap sur le Pays Imaginaire.

Le rire vole jusqu'à la Vallée des fées, un endroit merveilleux situé au cœur du Pays Imaginaire.

Un gardien de poussière nommé Terence saupoudre de la poussière de fées sur le rire. Un son cristallin se fait entendre et le rire se transforme en fée. La reine Clarion s'approche.

—Bienvenue dans la Vallée des fées, Clochette, dit-elle.

La reine Clarion présente ensuite divers objets à Clochette.

—Ils t'aideront à trouver ton talent, lui explique-t-elle.

Lorsque la nouvelle fée passe devant un marteau, celui-ci se met à briller.

—Il doit s'agir d'un talent très rare ! dit Rosélia, une fée des jardins.

Vidia est furieuse. Elle possède l'un des talents les plus rares de la Vallée des fées, et elle refuse qu'une autre fée lui fasse compétition.

—Venez par ici, les fées bricoleuses, appelle la reine. Accueillez le nouveau membre de votre équipe : Clochette !

—Tu arrives à l'une des plus belles périodes de l'année ! lui confient Clark et Gabble, deux fées mâles.

—Nous préparons l'arrivée du printemps ! ajoute Gabble.

Clark et Gabble conduisent Clochette au refuge des bricoleuses.

Fée Marie – la directrice du refuge des bricoleuses – vient accueillir Clochette.

—Comme tu es menue ! s'exclame-t-elle en regardant les mains de Clochette. Ne t'en fais pas ! Tes muscles de bricoleuse se développeront en un rien de temps !

Plus tard, Clochette, Clark et Gabble livrent quelques objets printaniers aux fées de la nature avec l'aide de Fromage la souris. Soudain, les Chardons sauvages prennent vie et les pourchassent.

Fromage et Clark se mettent à courir. La charrette dévale le sentier à toute vitesse et s'écrase au milieu du Square de printemps. Heureusement, personne n'est blessé.

Ondine vaporise de l'eau dans les airs. Iridessa se met ensuite à voleter à travers les gouttelettes et un magnifique arc-en-ciel apparaît. Iridessa s'empresse de l'enrouler dans un cône.

— Je vais l'emporter dans l'autre monde, explique-t-elle à Clochette.

— C'est à cet endroit que nous devons nous rendre pour préparer les saisons, ajoute Ondine.

Les fées bricoleuses se rendent ensuite à la Vallée des fleurs. Vidia arrive aussi vite qu'un éclair et se met à retirer le pollen des fleurs à l'aide de sa tornade.

—Je suis une fée voltigeuse, dit Vidia à Clochette. Toutes les fées dépendent de moi.

—Lorsque j'irai dans l'autre monde, je prouverai aux autres à quel point les fées bricoleuses sont importantes, elles aussi, réplique Clochette.

Clochette s'envole vers la plage en grommelant. Elle y trouve toutes sortes d'objets qu'elle apporte à l'atelier des bricoleuses.

Le soir même, se tient la cérémonie des préparatifs du printemps. Clochette se dit qu'il s'agit de l'occasion rêvée pour démontrer à quel point les fées bricoleuses sont importantes !

Clochette arrive à la cérémonie.

—J'ai apporté quelques objets qui pourront nous être utiles dans l'autre monde, s'exclame-t-elle.

—Les fées bricoleuses ne vont jamais là-bas, répond la reine. Le printemps est toujours confectionné par les fées de la nature.

Le matin suivant, Clochette va retrouver ses amies au Puits de poussière de fées.

—Si vous m'enseignez votre talent, la reine me laissera peut-être aller dans l'autre monde, dit Clochette.

Ondine lui montre comment déposer une goutte d'eau sur une toile d'araignée. Mais, chaque fois que Clochette essaie, la goutte d'eau explose.

Noa sait exactement quelle leçon elle va donner
à Clochette.

—Nous apprendrons à voler aux oisillons, annonce-t-elle.

Noa montre à Clochette ce qu'elle doit faire.

Malheureusement, l'oiseau de Clochette est terrifié.
Il ne veut aller nulle part !

Clochette aperçoit un oiseau dans le ciel.

— Voyons voir s'il peut m'aider, se dit-elle.

Elle fait des gestes avec les bras afin d'attirer son attention.
Les fées s'approchent pour comprendre ce qu'il se passe.

— Au secours ! Un faucon ! hurlent-elles.

Clochette et Vidia repèrent un arbre et courent se réfugier
dans le tronc.

Le faucon casse l'écorce à l'aide de son bec. Les deux fées sautent dans un trou et tombent dans un long tunnel obscur.

Vidia atteint l'extrémité du tunnel. Clochette, qui arrive à toute vitesse, fonce sur elle. Vidia est éjectée du tronc.

Les fées se mettent alors à lancer des baies, des pierres et des brindilles sur le faucon. Il part enfin.

Plus tard, Clochette va s'asseoir à la plage. Elle trouve une magnifique boîte à musique cassée qu'elle répare en un tour de main.

Ses amies arrivent et lui affirment qu'en réparant la boîte à musique, elle a démontré qu'elle était une excellente fée bricoleuse.

Mais Clochette n'a pas changé d'idée ! Elle veut toujours aller dans l'autre monde.

Clochette rend ensuite visite à Vidia et la supplie de l'aider. Celle-ci lui suggère de capturer des Chardons sauvages pour prouver qu'elle peut être une bonne fée des jardins.

Clochette saute sur le dos de Fromage la souris et regroupe quelques chardons dans un enclos.

Soudain, Vidia ouvre la porte de l'enclos et laisse les chardons s'échapper.

Ils se rendent au Square de printemps et piétinent les provisions que les fées ont amassées.

Fâchées, les fées réprimandent Clochette.

—Je suis désolée, soupire-t-elle en s'envolant dans le ciel.

Lorsqu'elle arrive à l'atelier des bricoleuses, Clochette aperçoit Fromage la souris en train de renifler quelque chose. Il s'agit de la pile d'objets qu'elle a rapportés de la plage.

Cela donne une idée à Clochette. Elle se rend à sa table de travail et se met à bricoler.

Le soir, la reine explique aux fées que le printemps n'aura pas lieu cette année, car il ne leur reste pas suffisamment de temps pour terminer les préparatifs.

Clochette arrive. Elle a fabriqué des appareils ultra-rapides qui vont leur permettre de réparer tout ce que les chardons ont détruit. Grâce à elle, il y aura bien un printemps !

Vidia s'envole, furieuse.

Les fées passent la nuit à recueillir des provisions printanières grâce aux appareils que Clochette a confectionnés.

Le lendemain matin, la reine et les ministres des saisons se rendent au square. Ils n'en croient pas leurs yeux – ils n'ont jamais vu autant de provisions !

—Tu as réussi, Clochette ! s'exclame la reine.

—Est-ce que Clochette peut venir avec nous ? demande Ondine.

Fée Marie donne un coup de sifflet, et Clark et Gabble apparaissent avec la boîte à musique.

—Ça fait des années que j'essaie de la réparer, dit Fée Marie. Je n'ai jamais réussi. Mais toi, si. J'imagine que quelqu'un là-bas s'en ennuie. Je crois qu'une certaine fée bricoleuse a un travail à faire… dans l'autre monde.

Pendant que ses amies s'affairent à préparer le printemps, Clochette va retrouver la propriétaire de la boîte à musique. Elle dépose l'objet sur le bord de la fenêtre et donne des petits coups au châssis, avant d'aller se cacher.

Une petite fille nommée Wendy Darling ouvre la fenêtre. Son visage s'illumine lorsqu'elle aperçoit la boîte à musique.

Les fées ont terminé leur travail. C'est l'heure de rentrer au Pays Imaginaire !

Depuis ce jour, Clochette se sert de son rare talent pour rendre les gens heureux. Elle est maintenant fière d'être une fée bricoleuse !